빗소리가 길고양이처럼 지나간다

천년의시 0096

빗소리가 길고양이처럼 지나간다

1판 1쇄 펴낸날 2019년 3월 8일
지은이 서연우
펴낸이 이재무
책임편집 박은정
편집디자인 민성돈, 장덕진
펴낸곳 (주)천년의시작
등록번호 제301-2012-033호
등록일자 2006년 1월 10일
주소 (03132) 서울시 종로구 삼일대로32길 36 운현신화타워 502호
전화 02-723-8668
팩스 02-723-8630
홈페이지 www.poempoem.com
이메일 poemsijak@hanmail.net

서연우©, 2019, printed in Seoul, Korea

ISBN 978-89-6021-419-4
　　　978-89-6021-105-6 04810(세트)

값 9,000원

빗소리가 길고양이처럼 지나간다

서연우 시집

천년의시작

시인의 말

아이를 안을 때

구름이 쌓인 길 위를 서성일 때에

사랑하는 이의 눈 속에서 잠이 들 때에도

조각난 필름의 육체들은
서리꽃의 발자국으로 혼을 차지하려 들었다
파충류의 꼬리 같은 머리칼을 헤치고
아스라한 별을 찾아 떠나야 했다

구원을 품는 지금
행복하다

2월의 마지막 밤에, 2019

서연우 시집을 통해 보는 새로운 화두

서연우 시인이 첫 시집 『빗소리가 길고양이처럼 지나간다』를 출간함에 있어 기쁜 마음과 함께 내 속에 잔잔하게 이는 흥분거리가 하나 더 있음을 본다.

'누가 나를 소개했느냐'는 질문에 남편이 인터넷에서 찾아냈다고 했다.

'당신은 참 복 있는 여성이네요.'

그렇게 해서 시작된 서연우의 시 세계에서의 운신은 어느 누구보다 훨씬 자유로웠으리라는 나의 생각이 지나친 것이 아니기 때문이다.

서연우 시인의 시 세계에 대한 이야기는 따로 김승희 교수의 시평에서 논하게 되어 있어 자칫 내가 그 범주를 범하는 일이 생길까 봐 폐론하고, 지금까지 6년을 함께 공부해 온 입장에서 서 시인에 대한 나 나름의 생각을 한마디로 표현하기 위해 내가 좋아하는 그의 시 몇 편을 알림으로 그를 위한 발문을 대신하고자 한다.

나는 그의 시 중「상처의 꽃」「Ms. 모」「후미진」등과 같은 철저한 자아성찰을 통해 시의 본질을 드러내 주고 있는 시들을 좋아한다.

　　그것은 자신이 자신을 발견함에 대한 경이요, 발견하기 이전에 부닥뜨린 대상에 이미 존재(영향)하고 있는 이방적 자아관이요, 또한 그것은 이미 자신 속에 굳어있는 이물적 존재이기도 한 성찰의 대상들이라는 새로운 화두의 어필이기도 하기 때문이다.

　　또한 시를 풀어내는 서연우 시인의 영상적 독특한 기법은 독자들로 하여 시의 핵심에 쉽게 다가가게 하는 특징이기도 하다는 생각이다.

　　편한 마음으로 서연우 시인을 세상에 알리게 되는 기쁨 또한 나의 복이 아닌가 싶다.

　　대성을 빈다.

　　　　　　　　　　　　　　　　　　　　─문인귀(시인)

차 례

시인의 말

PART 1

PART 2

PART 3

PART 4

PART 1

상처의 꽃

시를 쓰려다
나에게 상처가 된 이름들을 쓴다

시를 쓰려다
내가 상처가 되어준 이름들을 쓴다

시를 쓰다가
하늘을 올려다보고 땅을 내려다본다
미움의 운석과 원망의 흑운들
암매장시킨 어린 짐승들

빗장뼈 깊숙이 박힌 쇠못을 뽑아 들고
아무렇지 않은 듯 버렸던 은 삽을 찾아 헤매다
움막 안에서
대나무 귀신처럼 울어본다

짐승의 주검을 뚫고
울긋불긋 돌 꽃들이 오르고
태초보다 환한 구름이
여린 피를 덮는다

씻김굿이 피어오른다

Ms. 모某

Ms. 모는
오십 살에 생의 비밀 하나를 알게 되었다
의사는
그녀의 갈비 짝이 찍힌 빳빳한 필름 한 장을 보여 주었다
오래 전에 폐를 앓으셨네요

광선을 받은 검은 숲은
엽총 구멍들로 가득 차있고
흰 가지들은 창백한 배관들처럼
서로를 힘겹게 지탱하고 있었다

그냥 기침이 안 끊어져 찾아온 거였는데⋯⋯
희미한 활동사진 속에
작은 흉곽을 유리판에 대어보는 장면이 아득할 뿐

그럼 치료도 안 받고 나았다는 말인가요?
아마 항생제를 먹었을 겁니다
머릿속은 솜안개에 묻힌 듯 답답하다

맥없이 첫사랑을 떠나보낸 것도

모든 것에 열정을 걸지 못했던 것도
가슴이 일찍 죽었던 때문인가

Ms. 모는
피폐한 연못을 가슴에 팠다
망상을 앓던 물고기들이 못 위로 떠올랐다

SHE

뜨거운 보드board 위의 거미
문어 발보다 부드러운 손끝으로
키key를 누른다
굿모닝! 좋은 하루 되세요

러시아워는 침묵 중이다
수산물 위판장에선
수화의 향연이 한창이다

검은 실밥 손가락으로
키key를 두드린다
가을비가 내리네요

프리웨이와 빗물이
거대한 씨줄과 날줄이 되어 엉켰다
정오의 희망곡이 울려 퍼진다

허물어진 자아가 절규하며
키Key를 친다
친구가 되어주실래요?

비에 젖은 가로수들 허공에 돌아누웠다
밖을 나온 거미
폐가를 찾는다

그녀가 쏘아 올릴 투명한 줄 하나
아아……

소리의 상처

뭉툭한 발톱이
녹슨 손톱깎이에 잘려 나간다 '툭'
물오른 생선 한 마리
시퍼런 칼날에 토막이 난다 '툭'
첼로의 현이
어둠 속에서 끊어진다 '툭'

신간 잡지를 넘긴다 '쉭 쉭'
백 살을 채운 사람과 인사하다
자전거 타이어에 바람이 빠졌다 '쇅 쇅'
우리는 모두 신생아였다 '쌔액 쌔액'

광풍이 몰아친다
파도가 부서진다
'푸하아 푸하아'
기억해! 너는 나에게 바람일 뿐이었어 '휘어이 휘어이'
별들이 '우르르' 쏟아진다
아! 나의 해마를 호두알처럼 으깬다 '우두둑'

9시 뉴스 해외 특파원의 목소리는

이름 모를 나라의 북소리이다 '퉁 퉁 퉁'
유괴범의 전화벨 소리는
세발자전거의 벨 소리만큼 천진하다
나의 심장박동은
단정한 음표처럼 고정된다

뮤트mute를 누른다
솜꽃이 피어난다
나비가 날아든다
별들이 희미하게 웃었다
나는 소금에 절인 소리 속을 걷는다

얼룩

출생의 비밀 따위엔 연연하지 않더라도
낡은 탄생석 하나는 가슴에 있다

우연과 실수들의 윤회가
불온한 사상가쯤으로 낙인되어 돌아앉았다

너의 침묵은
나의 고요 속으로 번진다

나의 현미경 너머엔
무지개가 뜨고
너의 스케일은 무한대를 갈망한다

설원에 떨어진 먹구름의 꼬리들
여백을 흔드는 깃발
덧칠 아래 눈 감는
육肉의 죄명은 미친 별

킬리만자로의 눈이 녹으면
얼룩말들은 석양 속으로 뛰어든다

얼룩이 진다

후미진

후미진 식당
후미진 자리에서 밥을 먹는다

후미진 공중목욕탕의
낡은 샤워기 아래
달 껍질 같은 허물을 벗긴다

후미진 극장을 찾아 후미진 자리에서 꿈을 본다

후미진 책방 구석에서
잊고 있던 이야기를 찾는다

후미진 골목길의 끝
좁다란 하늘에 뜬 별을 바라본다

너에게로 가는 길이 멀고도 멀어
젖은 날개 위에 핀 이끼꽃
오늘도 나는
후미진 방 응달에 꼬부려 앉아
금지된 시를 쓴다

스타킹
—껍질 1

터질 듯한
일상이 흘러내린다
욕망을 다한 뱀 껍질처럼 널브러졌다
거기에

온종일 무 다리의 세포막이 되어
거리를 누비고 책상다리의 먼지를 마신다
진주 가루를 뒤집어쓴 채 가로등 아래 그림자 곁을
수줍게 걸어도 보았다

살을 에는 칼바람에 시퍼런 탄성이 베이고
돼지들의 캑캑거리는 숨 같은
무더위에 함께 엉키면서도
결코 네 원형질 안으로 들어갈 수는 없었다
너와 나 사이의 바람과 땀 속엔
몇 개의 비늘과 눈물이 살고 있을 뿐

허공을 버둥거리다
새빨간 손톱 끝에 살점을 찢기고
이제 미련 없이 버려진다

보랏빛 아킬레스건을 감싸 안고
곰 발바닥의 결을 따라 동면한다

쭈글쭈글해진 꿈이
흘러내린다

DARK MOVIE

잿빛 망토가 어울릴 테지만
바다 이끼색 트렌치코트를 골라 입었다

표류하는 섬으로 간다
대형 스크린에선 검은 비가 내리고 있다
비릿한 빗물이 몸을 적신다

영화는 인간의 고통만을 말한다
뻐꾸기 둥지 위로 날아간 새, 샤이닝Shining, 잭 니컬슨,
올드 보이, 오대수, 양들의 침묵, 한니발……
위선과 욕망은 산 채로 발가벗겨져
연체동물의 등뼈같이 흐느적거린다
그들의 복수에 온몸의 비늘들이 일어섰다
파행의 절정에서 나는
아가미가 도려진 물고기처럼 허황한 눈빛으로 죽었다

사람들의 찌푸린 눈 속에서
나방들이 창백한 공기 속을 날아오른다
그들은 검은 빗물을 모두 빨아 마셨다

깊은 어둠이 거리를 덮고 있다
다시는 이 섬을 떠나지 못할 것이다

바다에 누워 하늘에 비친 나방을 본다
짙푸른 이끼 속에서 조금씩 드러나는 하얀 몸

회항

뛰어내려 버릴까
부력처럼 흐느적이는 한숨

새 떼가 몰려와서
엔진에 고장이라도 나준다면
뒷자리 구석에서
테러범이 정체를 드러내준다면
몽혼 속에서 고개를 젓는다

또 다른 폐허를 찾아가는 것은 아닐까
도착지가 출발지와 다를 것 없을 것이라는 묵음의 공포탄

태연히 기내식을 먹으며 영화를 보고
면세품을 사고
포브스의 페이지를 넘긴다
누가 이토록 천연스러운 연기를 눈치챌 것이며
이륙의 굉음에 주저앉아 버린 울음을 들을 수 있을까

낯선 땅에서
내 상처들은 봉합될 수 있을 것이라는

낡은 희망의 탑승권 한 장
허무의 새벽을 깨우는 심장박동

검은 하늘
새들의 행방은 묘연한데
점점 다가오는 시간의 히스테리
되돌리고 싶은 발작의 프로펠러

우리 비행기는
약 이십 분 후에 목적지에 도착할 예정입니다
지금 그곳에는 짙은 안개가……

안내 방송이
파리한 심장을 저민다

고백

제3국의 영화를 보고 모든 것을 알았다

나는
아름다웠고 추했다
나는
정의로웠고 비겁했다
나는
음식을 나누어주었고
경멸했다
나는 미친 듯 사랑했고
냉혈 했다
아– 나는 요정처럼 순수했고
철부지였다

너는 별이어서
달에게 더 이상 미안해하지 않았다
너는 해왕성이란 것을
해에게 부끄러워하지 않았다
네가 채송화라며
해바라기 아래 쪼그려 앉지 않았다

너는

너를 안아주라고 조르지 않았다

이명

혈액순환의 문제라고 했다
처방전과 바꾸어 온 빨간 약 한 통
끝까지 먹어보았지만
소리는 나를 떠나지 않고 있다

낮 별들이 떨어져 뒹구는
뜨거운 아스팔트 위에
미친 잠자리 떼의 합창 소리가 울린다

안구에 붉은 잉크를 쏟아붓고
깊은 밤엔 발끝까지 내려와
엄지발톱을 흑보라 빛으로 물들이며
나 대신 숙면을 취한다

끝없이 밀려오는 파도와 같은 너를 몰아내기 위해
심해로 뛰어들지만
그곳엔

오래전 신부님의 강론 소리, 나른한 재즈 음률, 별똥별 떨
어지는 소리,

위로하는 그대 음성마저도
소리로 있었다

밤은

너는 누구냐
나를 응시하고 있는
바다 매의 눈과 같은

너는 누구냐
움푹 파인 기억을 묻은 혼을
통곡으로 불러들이는
뜨거운 몸짓으로 지금 내게 춤을 청하는
너는 누구냐

날개를 접은 검은 학의 무리
흐르지 않는 비단 별들

나의 유리 구두를 삼킨다

오븐

어린 밀의 싹과
필사적으로 달아난 칠면조
펄떡이며 몸부림친 은비늘들이
유황불 속에 갇혔다

응고된 무의식이 뜨거워진다
저잣거리에 걸린 버둥거림이 멈춰 서고
헝클어진 필름들이 그을리고
창자 깊숙이 박힌
검고 딱딱한 경단이 흐물거리며
끝내 터뜨리지 못한 눈물이 굳는다

해체된 죽음이 묻는다
그리도 누리고 비렸을 뿐인가
삶이란

실비아 플라스*의 정수리에 핀 재꽃이
사면의 거울 방에서
얼굴을 돌린다

---

* 실비아 플라스(1932–1963): 미국의 시인, 소설가. 오븐에 머리를 집어넣
  어 자살. 사후 컬트적 명성을 얻음.

비누

처음부터 만만했던 것은 아니다
흙탕물 손아귀 밖으로
돌고래처럼 튀어 올라
욕실 바닥에 곤두박질치곤 했다
젊은 날은 상처뿐이었다

그대의 살
소금기를 맛보면서 어느새
가물치처럼 길어지고 있었다
꽃물 밴 미꾸라지만큼은 빠르지 못해도
까만 손톱 줄 안에 조금씩 보시해도 남을
살집이 아직은 넉넉하다

찌질한 게거품들이 탄식하며
우윳빛 방울들을 풍요히 산란하던
여름날을 추억한다

그대가 나를 안고 주무르던 밤만큼
얇아져 버린 몸뚱어리
교살의 순간들도

절묘한 미끈거림으로 모면하다
오늘 아침 동강 나버렸다

물보라 빛 각질들을 정표처럼 가둔
파리한 심장이 문드러졌다

그래,
그대의 모공 속에서
천년 후 미라의
눈물 한 방울로 깨어날지도

꺼멓게 타고 난 양잿물 같은
내 사랑이 살아날지도

PART 2

…위하여

연기는 사라지기 직전
가장 관능적인 춤을 춘다

기억은 완전히 지워질 때까지
풀벌레의 울음소리로 산다

깨어지기 위해
심어진 심장 속 유리꽃
부서지기 위해
바람의 속도로 달려온 파도
상처받기 위해
규격만큼의 사랑을 한다

내보내기 위해
씹히고 물 빠진 생존 음식들
영원히 지워지지 않을 화장을 하는 죽음

연기는
살로메의 알몸으로 죽어
솜구름으로 태어나
매끄러운 빗물로 내린다

비닐봉지들에게

누가 너희의 영혼을 믿으려 할까?

생선 토막을 삼킨 검은 비닐봉지가 질질 끌려가고
비닐하우스 속 콩나물들이 비릿한 숨을 틔운다
에펠탑이 찍힌 비닐 백 속에
'Paris'는 없다

어떤 포식자의 입보다도 크게 벌어진
네 속의 부패가 백 년 동안 꿈을 꾼다

바람 부는 차도 위를 달리는
타이어에 깔리면서도 관능의 춤을 추어라

검은 구름처럼 낮은 하늘을 날며
배가 터질 듯이 숨을 쉬어라

말미잘의 입 밖으로
씹힌 물고기들을 가득 뱉어내어라

그대들,

성황당을 지키는

갈기갈기 찢긴 고독의 몸부림으로

포획자의 시뻘건 두 손을 거부하라

장미와 페인트공

이른 아침
페인트공은
장미 나무 옆 외벽에
봄빛을 칠하러 왔다

높다란 벽
사방에 칠해지던 봄빛이
장미 나무 가지에 떨어졌다

페인트공은 씽긋 웃었고
장미는
환한 낮에도 별이 떠있는 걸 보았다

핸드폰 2

물고기처럼 던져졌다
콘크리트 바닥 위로 행성 하나가 부서졌다

아가미같이 파들거리는 분화구 속으로
자기 말이 들리냐던 수신음이 사라졌다

푸르죽죽한 이끼 물이 액정 화면에 흐르고
뾰족한 새 발의 촉에도 반응하지 않는 암호들은
먼 왕국으로 떠났다

미생물이 되었다
너와 나 금단의 웅덩이 속에서 허우적댈 뿐

수리공은 제사장이다
은빛 핀셋 하나로 암호들을 불러 세웠다
나의 일상이 너의 애타는 기다림이 돌아와
젤리피쉬들처럼 달라붙는다

늦은 밤 술에 취한 지하철 구석 자리
길 잃은 변방의 언어들
깜깜한 우주로 떠나고 있다

블루밍Blooming

나의 시간 속으로 안개비가 내리면
아주 익숙한 도로를 걸어
유리문을 들어선다

명품 수입 화장품에서부터 낱개로 포장된 샘플들까지
꽃의 에센스essence들은 유리관 속에서 잠들어 있고
짙은 화장을 한 아가씨가
나의 마음을 열려 한다
이백 불 이상 사시면 마사지도 해드려요
토트백도 선물로 드리고요
그녀의 입가에서 풀잎 냄새가 난다

나의 눈은 동그란 원을 그린다
눈썹 정리도 해주나요?
이번 주말에 프리 메이크업 이벤트에 오세요

그녀가 권해 주는
신상 립스틱을 발라보았다
유리관 속에서
한 여자가 깨어난다

비는 그치고
오렌지빛 입술의 여자는 신선하다
보랏빛 마스카라 속의 검은 눈동자에
안개꽃 가득 피어있다

나의 시간 속으로 안개 강이 흐를 때
익숙한 도로의 건너편
'블루밍'을 찾아간다

유리문을 들어서면 나는 낯선 꽃이 된다

옷걸이

무위無爲의 시간 속에서
아메바의 얼굴은 꿈을 꾸었다

검은 외투는
꼬인 목뼈가 부러질 듯 무겁고
어깨의 연골은 휘어졌다
캐시미어 머플러는 가쁜 숨을 빨고 있었다
눈 내리던 겨울밤의 기억은 그렇게 떠났다

사지가 잘린
몸뚱이의 창백한 혼은
그대를 갈망했다

시폰 원피스가 어깨 위에서
물풀처럼 흔들린다
봄 바다 같은 온기
지느러미가 펼쳐진다
푸르른 그대의 입김에 심장이 뛴다

한때 나는
그대의 여린 갈빗대였다

키 작은 사람

그의 하늘은 더욱 먼 꿈
그의 땅은 더욱 익숙한 중력
군중 속에서 암흑을 만나고
홀로 서서 거북이의 등을 본다

그는 오늘 아침도
원 갤런의 우유를 마시고
알트레이션 숍에서
은밀한 거래를 한다

검은 발자국들이 찍힌
정수리를 끌고 돌아온 밤엔
자라처럼 운다

소리치지 못한 말들이
발뒤꿈치에서 곪아
더 이상 떨어질 수 없는 이름이
아킬레스건을 끊어놓았다

부력을 꿈꾼다

가장 높이 뜬 별에게 팔을 걸고
길가의 채송화들엔 더 이상
마음을 주지 않는 것

풍선처럼 비틀거리며 오른다
히말라야의 정상에 하얀 발자국을 찍고
쇠 힘줄 같은 중력 밖으로 솟아오른다

그는 땅개처럼 짖어본다
내겐 혁명이 필요해

눈사람

나뭇가지가 심장을 관통해
죽을 때에도 그의 피는 우리를 하얗게 덮어주었다

내일 또 눈이 내릴 것이다
기적같이

CLOSET

그녀는 여우 굴을 찾아들어 목을 맸다

사랑밖엔 할 게 없었으므로 잊혀진다는 것은 무섭지 않았다

폐서적

비가 내렸다
빗소리는 도둑고양이처럼 지나갔다

귀퉁이가 떨어져 나간 몸뚱어리는 그물 같은 곰팡이 옷을 입고
민트빛 이마에 새겨졌던 이름은 해독할 수 없는 상형문자
로 남았다
얇디얇은 갈비 짝마다 낡아빠진 활자들은 전설에 잠겨있다
누군가 꾹꾹 눌러쓴 펜 자국들은
여태 숨 죽여 기어 다니는 벌레들의 연명

지금은 하루의 어디쯤일까
나에겐 시간이 멈춰버린 지 오래다
내가 정설이었던 신선한 기억만이
솜안개 의식 속에서 깜박거린다

신문명에 도살당한 것도
노쇠한 정객으로 유배된 것도 아니다
잊혀지기 싫어 몸서리치는 늙은 여자는 더더욱 아니다

살아서 나간다면

추억을 찾아온 사람들을 위한 진열장에서
마지막 시간을 보내고 싶다
오래된 타자기와
백 년 전쯤 인물의 전기 옆이면 좋겠다
그들의 손가락에 닳아 남은 형체는
나에 대한 기억을 놓지 않을 것이다

철문이 열리는 소리가 난다
나는 눈을 감고
민트빛 꽃 속에
가물거리는 의식을 맡긴다

신문 1

내가 점순이네 단칸방을 좋아했던 이유는
신문으로 도배된 벽 때문이었다
공기와 고무줄놀이보다
나를 흥분시켰던 것은
열 살까지 한글을 떼지 못한 점순이에게
글자들을 깨우쳐 주는 시간이었다
막대를 따라가는 점순이의 두 눈이 샘물같이 반짝이며
헤 벌어진 입이 조금씩 움직이기 시작했다
나의 우쭐함은 동방박사의 별처럼 환하게
쪽방을 비추고 있었다

당신이 잠든 사이에도
신문은 깨어있습니다
새해 복 많이 받으십시오

신문 2

타인의 슬픔에
새겨 넣은 억만 번의 문신
우리의 기쁨에 코팅된 벤젠 향

거리의 밤
구겨진 이불 위에
미명이 들면
유산되는 별들

이 아침
저승의 명부같이
선명한 자국들이 찾아온다

사진

103세의 그를 만난 것은 우연이었다.
이우李鍝(1912–1945) 대한제국의 왕자.
일본 관동군과의 전투를 계획하는 등
독립운동에 관여했다고 전해지나 남겨진 기록은 소실되었다.
히로시마에서 피폭되어 사망했다. 독살되었다고도 전해지는 그.

더 이상 그는 유령이 아니다
사각의 창 너머에서
검은 눈물을 흘리는, 애조 띤 음성의 그런,
사실과 루머 사이의 교각을 안개처럼 거닐고 있을 뿐
그는,

볏짚같이 노란 사진 속의 눈은
밤 귀뚜라미 소리처럼 정결하다
굳게 다문 입술은 아직도 흐르는 선혈의 이야기를 한다
그의,

갈라진 논바닥과도 같은 나라와
피를 토해 내던 젊음과
단 한 번이었던 그의 사랑을 말한다
수정처럼 부서지며
일제를 베었던 그의 눈물과 만난다

적국의 하늘을 뚫었던
거대한 버섯구름 아래에서 한 줌 재가 되었던
그를,
인화한다

아마 빛 살점들은 존귀한 이마로 모여들고
검은 머리카락은 상아처럼 빛나고
조선의 산하를 담은 심장은 파도처럼 일어선다

독립된 조국의 어여쁜 구름 속에서
푸르게 웃고 있을 게다
푸르고 푸르르게 푸르디푸르르게
그는

그런 허무

다섯 살
사진관을 나서며
내가 탔던 비행기는 날았나요?
사진사는 구름을 온몸으로 가리며
허무가 나오면 알게 될 거야

아홉 살
건너뛴 얼룩말의 줄과 부러진 원숭이의 앞니를
그려 넣고 색칠을 했다
죽은 식이네 굿판은 끝나고
조그만 관 틈으로 올라온 애벌레 손가락들
무서운 꿈을 꿀 때 키가 크는 거야
허무는 내게 거짓말을 했다

허무로 철철이 옷을 지어 입고
남겨진 실타래로 꽃을 만들어 목에 꽂아
그 향기 없음으로 너를 매혹시킨 끝에
눈사람이 된 우리 부둥켜안고 물로 뒹굴다 파도 속으로
사라진
살, 살……

열 하고도 아홉 살

그었던 동맥이

너울 오른다

PART 3

오해

하느님의 아담과 하와에 대한 오해로
인간의 고난이 시작되었다면
행성과 행성 사이의 오해로
인류의 고난이 끝날 것인가

오해로 가자
태양과 육지를 욕망하는 마르타*가 사는
소금에 절여진 종신형의 고도孤島로
창세기의 제1막처럼
끝나지 않은 카니발

데스데모나의 목을 조르는 오셀로**의 검은 손
G 시의 봄, 피를 흘리며 쫓기는 소녀를 게릴라라 외친
내가 클랙슨을 눌렀는데도 유리 벽 너머 당신이 나를 보더니
엘리베이터로 돌아가 버리더라고
정당방위였죠 그것은
자작극의 찬란한 버블들

터무니없이 푸르고 깊은 이 오해誤海가
오해誤解이길 나는 소망한다

* 마르타: 알베르 카뮈의 희곡 『오해』의 여주인공.
** 오셀로Othello: 셰익스피어의 4대 비극 중 하나인 『오셀로』의 주인공.

마네킹

여자와 꼬마와 사내가
적당한 거리를 두고 서 있다

얼굴이 없어도 아름다운
목이 달아났어도 사랑스러운
대머리여도 멋진 그들의
옷을 사려 한다

지갑을 펼친 내 앞에서
한쪽 팔이 뽑히고 발가벗겨진다
꺾이지 않는 관절 속으로
반들거리는 고통과 수치가 숨는다
하얀 피가 목 끝에서 찰랑인다

그들의 것을 갖기 위해
스키니진이 낑낑대고
오시코시는 울음을 터뜨리고
스키점프는 거무튀튀한 얼굴 밑에서 움츠러든다
천사의 날개를 달기 위해
검붉은 피가 용솟음친다

오, 그대에게 닿고자
볼록렌즈 속으로 기어 들어가는 풍뎅이들이여!

여자와 꼬마와
남자가 적당한 거리를 두고 서성인다

또렷한 이목구비와
짱구 머리와 풍성한 머리칼을 가진
그들의 날개를 접고 있다

BANG BANG BANG

Bang—
간발의 차이로 악당이 쓰러지면서
영화는 끝이 났다

한밤의 택시 드라이버
뒷덜미 잡으며 화장터로 가자는 취객
백미러를 향해 Bang Bang—

지지하는 정당이 다른
만찬장에서 Bang Bang Bang Bang—
살점이 튀, 튀, 튀, 튀고
피떡이 날아가네 날아가네 날아가네 날아가네

8번 난쟁이
백설 공주의 사과에 꼭
구멍을 내야 해, 알겠지?
Bang—

태어나지 말걸 그랬어
비행 소녀 시절을 향해

Bang Bang Bang—

마지막 연기로 오르는 알몸을 향해

훅—

멍

새우 한 마리가 발견되었다
까만 눈알은 반쯤 튀어나와 있고
등뼈는 구부러졌고 손발은 오그라진 채
납작해진 몸뚱이가
욕조에 들러붙어 있다

아이는 붉은 새우 한 마리로 발견되었다
수사 결과는 뻔한 것이었다
여자는 집을 나갔고
남자는 늘 술에 취해 있었다

검은 물 호스에 분홍 살점들을 남기고
아이는 현관 앞 세발자전거를 만지작거리다
아파트 놀이터를 지나
바다로 떠났다

여자는 선글라스를 쓴 채 새우를 먹고 있다
남자의 팔뚝엔
그녀 이름의 끝 글자가 녹조처럼 새겨져 있다

새우는 여자의 퍼런 눈 속에서
속살로 웃고 있다
달큰한 땀 냄새를 풍기며 안겨 오던 아이가
자꾸만 어른거린다

만나고 난 후

너덜거리는 느낌을 지울 수 없어
진피 같은 가면을 벗어 던지듯
흘러내린 화장을 닦아내지
대단한 화두인 양 핏대 세웠지만
한 줌 살비듬 던져준 것밖엔
날파리 떼처럼 날아들던 메아리가 이명으로 남겨졌어

턱시도를 입은 커피 한 잔과
물에 불은 티백의 지리한 입씨름
고딕체의 제목을 두건처럼 쓴 서류 뭉치가
난해하고 환멸스런 짐승처럼 기다란 눈을 굴리고 있었어
뺨은 붉어지고 분명 도청당하고 있을 것이라는
너의 나르시시즘
오 마이 갓!

처음부터 싫었던 너의 앞니 두 개
겨울 바다에서 기어 나온 거북이처럼
겨드랑이 밑으로 두 손을 밀어 넣는 버릇
패닉 룸에서 더 이상
침은 공중 분사되지 않고

백설 같은 두 손을 보았어

너의 말투와 상상력들이
내 심방과 심실 깊숙이 뿌리를 내리고 있어
하느님, 부디 사랑하지 않게 해주소서
이 나무들이 우거지기 전까지는

피스톨

내게도 은빛 혈이 돌 수 있는
온도가 필요했다
금속성의 호흡을 조율해 줄
바람을 꿈꾸었다

광년 너머의 기억과
벼락 맞은 산짐승의 신음이
개기월식의 붉은 달이
매의 검푸른 눈 뒤에서 조용히
눈 쌓이는 밤을 조준하고 있다

누구였을까
구릿빛 검지는
나의 심장 박동기를 힘껏 눌렀다
연이은 펌프질에
치기 어린 별들과 광염의 뇌우雷雨가 분사하듯
그와 나의 가슴을 태웠다

깊은 밤
테러리스트의 두 평 방을 유령처럼 떠돌다

죽은 산짐승의 상처와
젤로스*의 눈먼 분노를 추억한다

폭죽놀이는 끝났다
매의 눈동자 뒤로
부식하는 숨결이 광년의 저편으로 떠난다

* 젤로스Zelos: 그리스 신화에 나오는 질투와 경쟁의 신.

삼행시
―모든 불장난에 대하여

주유소에 끌려온 코끼리가
군함을 탄 생쥐를 불러낸다
도시락에 담긴 상어가
파도에 빠진 달팽이를 구했다

전대를 채운 추상명사
동전에 새겨진 'wanted'
번쩍거리는 샛별은 어떤가요
번개는 자주 반짝이지요

퍼즐의 우격다짐
몸통을 타는 바퀴벌레들의 근육에 박수
낄낄낄, 미친 화성법이여
오호통재라!

즉흥 환상곡은
너희들의 것이 아니야
라이터를 던져버려
차마 짖지 못하는 개의 솜털을 향하여

손톱

상앗빛 필름 조각을 깎는다
십란성 초승달이 태어났다
탯줄도 울음도 없이 잘려 나와 아무렇게나 누웠다

말라붙은 양수 같은
형광 불 아래에서 자꾸만 눈이 감긴다

모래 밥을 벌기 위한
노동자의 은 삽이었을 때를
크레용투성이인 그의 어린 아들의 것이었을 때를
검은 곰의 투박한 몸부림에 박힌
도끼날이었을 수도
홍등 아래 기나긴 터널 속에서
반짝이던 시간도
어둠 속에 비춰본다

상앗빛 초승달이 떠오른다
밤이 또 한 밤을 밀어내고 있다

돼시의 희망곡

그들은 삼겹살과 쌈장을 모르고
우리는 꼴레뇨 족발과 코젤 맥주를 모르고
그들은 외딴섬의 똥돼지를 모르고
우리는 버크셔 마을의 버크셔종 돼지를 모르고
그들은 메밀꽃 핀 들판 아래 소풍 가는 돼지들을 모르고
우리는 고급 사교장에서 풍만한 가슴골 위로
진주 목걸이를 늘어뜨린 돼지들을 모르고
그들은 우리의 돼지를 알 리 없고
우리는 그들의 돼지를 알 리 없고

그러나 모든 돼지는 우리를 알고 있다
화식火食이 시작되었을 때부터
첫 시신 위에 고인돌을 올릴 때부터
우리의 힘줄 마디마디에 귀신같이 들러붙은 공포 속에서
누런 혈관 깊은 곳에 알알이 박힌 핏방울들 속에서
허무한 욕망의 비계를 저미며 실눈을 뜨고 웃고 있다

두 개의 비천한 심방처럼 드러난 콧구멍과
끝없는 식욕으로 부르튼 분홍빛 아귀가
꿀꿀대는 목젖이

금불상의 입술 끝에 매달려 경을 읽는다

우리는 불경한 족속이었다
갈라진 발굽으로 진흙탕을 뒹굴고
바벨탑을 쌓으며 수화를 창조한 우리는
우리의 돼지들을 알고 싶지 않았다

그들은 노을빛 감자탕 속의 검은 뼈를 모르고
우리는 파말라칸 섬의 통돼지 구이를 모르고
우리는 그들을 알 리 없고
그들은 우리를 알 리 없고

그러나 돼지들은
오늘도 멱 따는 비명을 지르며
저주받은 살찐 다리들을 버둥거리다 경련을 떨다
고사상 위의 머리는 붓다의 미소를 띠고 있다

우리들 창백한 비계들의
희망이여

맥향脈香다방

친구 엄마는 다방 마담이었다
친구는 그녀를 주홍 별이라 불렀다

붉은 입술 사이로 흐르는 샹송은
파리의 우울한 뒷골목을 추억했다
네온빛 별이 매달린 검은 눈 속에
보들레르의 시가 고여있었다

커피가 식어가고
담배 연기가 안개 속으로 사라지면
그녀는 검은 소파 옆 어항 속으로 들어갔다

수은 같은 새벽까지
목탄화를 그리는 그녀를
나는 박쥐라고 생각했다

날렵한 어깻짓으로
쌍화차를 나르던 창백한 손이
낙엽을 태우며 생을 바라본다
그녀와 나의 무릎 사이에
따스한 허무가 흐른다

입맞춤

그들은 물고기들처럼 자주 입을 맞추고
오랫동안 키스를 하곤 했다

어둑한 골목에서
치른
구름의 첫배를 가른 새
이건 아니거든
헤매어 온 숨이 아니거든

여린 새의 주둥이를 핥고 간
별보다 많은
여자와 남자
늪 물에 풀어진 립스틱

이젠
기꺼이 타락하고 싶은
그 시뻘건 목젖

옛 연인

AM 6:00
그의 죽음이 인터넷에 떴다
사인
심근경색 후 추돌, 부검 계획 미정

잠자리에서 일어난 우리는 창을 연다
지난밤 구름들을
입김으로 하나, 둘—
불어 보낸다

AM 8:00
아침 식사를 준비한다
그는 아보카도의 껍질을 벗기고
나는 눈보다 새하얀 밥을 짓는다

PM 12:00
블랙박스 해독 시작

타로점을 본다
완성될 수 없는 사랑과
다시는 만날 수 없는 꿈의 카드를 집는다

PM 2:00
우리는 마지막 예식에 초대되었다
그의 어린 연인은
백국白菊 한 송이 제단에 올린다
플래시가 터지고
창백한 조명의 뒤편
세상은 나를 옛 연인이라 부른다

흐려진 윤곽의 날들
내 푸른 입술 위로 스러지던 그의 담배 연기가
아침 창에 피어난다

경계인

바보라기엔
101%의 화술
천재라기엔
99%의 영감
연인이라기엔
102%의 뻣뻣함
패셔니스타라 부르기엔
98%의 센스
보수라기엔
103%의 촛불
좌익이라기엔
97%의 아니키즘
사랑이라기엔
104%의 이성
배신이라기엔
96%의 권태
아담이라기엔
105%의 순종
뱀이라기엔
95%의 망상

지구라기엔

106%의 비닐봉지들

화성이라기엔

94%의 미래 별

시인이라기엔

107%의 코마coma

이집트라기엔

93%의 피라미드

스핑크스에게 물어보자

100의 신화를

PART 4

이불을 털다

자정 뉴스는
아파트 베란다에서 이불을 털다
추락사한 여자의 사건을 보도했다

젊은 여자가
첫 번째 아기와 두 번째 아기의
기저귀를 널고 있다
펄럭이는 기저귀들 사이로 빛나는 치아에
구름이 내려왔다

여자는 아침부터
몸 비늘을 털어내기로 작정했다
지난 밤의 꿈들과
색색거리는 진드기들의 숨결과
결코 따라잡지 못한 벽시계의 초침 소리가 눈부신 중력을 타고
새파란 하늘 아래로 떨어진다

우리의 죽음과 삶 사이에서
백지장 같은 홑청과 무명 기저귀들이
깃발처럼 나부낀다

계단 오르기

달팽이 한 마리가 60층 계단을 오르는 데는 얼마가 걸릴까?

고도비만 B 씨는
계단을 걸어 오른다
땀이 홍수처럼 불어난다

택배사 J 군은
계단을 뛰어오른다
태풍 같은 숨이 계단을 흔든다

개복 수술을 한 T 씨가
자라의 몸짓으로 계단을 오른다
선홍색의 피가 솟아난다

남친의 결혼식 날
그녀는 옥상으로 가기 위해
계단을 하나씩 즈려 밟는다
버려진 쇠못이 발바닥을 찌른다

너는 터질 듯한 풍선, 재규어의 영혼, 먼 바다를 건너는

거북이
　　티슈보다 얇은 발이다

　　그들은
　　낮 별들을 따라 계단을 오른다
　　검은 구름 속에서
　　빛의 꼭대기로 오른다

어물전 옆 빵집

은빛 비늘들이 날아들던
빈 가게 터에 빵집이 들어섰다

흰 가운의 두 남자는
기다란 칼질을 한다
활어 부스러기와 생크림이 발려진

하필이면……
사람들은 박력분의 반죽 냄새와
바다 내음과의 경계선에서
음습한 해변 마을을 떠올린다

붉은 도미는
임종 직전의 뒷심으로 아가미를 껌벅거리며
시꺼먼 허파를 보여 주는 퍼포먼스를 한다
희미해지는 의식은
끝없이 펼쳐진 밀밭 위를 부는 바람으로
다시 태어나길 꿈꾼다

롤케이크의 보랏빛 반점은

끝내 눈 감지 못하고 죽은 고등어의 전생을 알고 싶다
그의 눈이 되어 푸르던 지느러미가 누비었을
노르웨이 해역으로 돌아가고 싶다

갯벌에 어둠이 내렸다
낙지 한 마리
지상에 떨어진 별같이 몸부림친다
그 별의 각질인
코코넛 가루는 모래 위를 뒹구는
소라 껍데기를 꿈꾼다

사람들은 모닝커피 향과
피조개의 몸 내음이 얽힌 길 위에서
땅끝 해변 마을의 아침을 떠올린다

BOXER

바람의 속도를 잊은 때문이지
번개 맞은 살들이
거울처럼 깨어진 때문이지
열 번을 셀 동안 유체이탈은 일어나지 않았지

시베리안 늑대는
세 평 우리의 혹한을 잊을 수 없어
승리의 함성 속으로 눈물을 뿌렸지
아메리칸 스나이퍼의 내일은 없었지
검은 방아쇠의 미친 잽이 아니라면
영광은 없는 거지

불꽃같은 삶을 갈망했던 건 아니야
시간을 견뎌야만 하는 청춘
허공에 눈빛을 묻을 순간조차 허용되지 않아
찢긴 얼굴은
비틀거리며 쓰러졌지

명왕성 같은 얼굴 위로
핏불의 소변 줄기가 꽂힌다

다시 사각의 거울 위로 올라서야지
그대

벽장

정지된 시간이
똬리를 틀고 있지
밤안개 같은 먼지를 빨아 마시며

일상이 죽고
계절이 사라졌지
거미의 지문이 닳고 있는 소리는
어둠의 눈을 갉아먹고 있어

예기치 않은 시간에
시멘트빛 자루를 뒤집어쓴 것들이
기다란 그림자 손에 이끌려 들어와
한구석을 차지하기도 해

어떤 밤중엔 흐느낌 소리가
하얗게 들려오기도 하고

아아……
잿빛 미련들이 진저리를 치며
가둬진 편린들이 울고 있어

희망이 파리한 얼굴로
들숨을 찾고 있어
기나긴 기다림의 연옥에서

수인 번호들을
지울 날을 기다리며
칠흑 같은 가슴속에서
거미의 지문을 조금씩 지워가고 있어

불면증

한밤에
괘종시계와 함께 왈츠를 춘 적이 있나요
그를 얼싸안고 돌다
혼백 같은 벽들을 더듬어본 적이 있나요

그러다
우리의 심장 음이 세 번쯤인가
달빛 속으로 울려 퍼질 때 화들짝 놀라며
은박지 같은 이불 속으로
도망친 적이 있나요

오밤중
냉장고 문을 열고
얼어 죽은 오리고기와 부화 못 한 알들과
썩어가는 야채들을 꺼내
수프를 끓여 마신 적도 있나요

양들의 가여운 뱃가죽에 천문학적 숫자들을 새겨 넣고
양귀비 꽃잎을 뜯어 말려 베개 속을 채우고
마녀의 주술까지 빌리는 치욕으로

입술을 깨물며 뜨거운 눈물을 삼킬 때
골목길의 가로등이
침대머리에 얼굴을 들이밀지요
비루한 하루살이들의 비아냥거림이
절은 이명처럼 흩어지지요

마침내 북극곰으로부터
그대의 밤이 영원히 사라질지 모른다는
전보를 받았나요
어떤 늑대의 초록 눈알이
밤을 위협하고 있나요

산다는 것

밤새워 쓴 시
조롱당한 시
쓰디쓴 모닝커피

세 번째 씹혀버린 문자
네 번째 구애
거북 목 속으로 숨은 자존심

갓길을 달리는 자전거
쫓아버리고 싶은 코요테

횡단보도를
두 팔이 없이
그리고
두 의족으로 걸어가는 남자

저녁 하늘은
넝마 구름으로 너덜거린다

무언가 뜨거운 것이

맹장의 꼬리에서 쳐 올라와
정수리를 뚫는다

나는 오늘 하루를
얼마나 모독했던가

감자

저녁 시간
감자 몇 알을 샀다

껍질을 벗겨 내고
울룩불룩한 힘줄들을 잘게 썬다
뜨거운 햇살과 무수한 빗방울의 기억들이 부서지며
끈적한 눈물이 칼끝에 밴다
도려진 눈알들이 피안彼岸의 세계로 떠나기 위해
썩어지길 기다린다

한낱 전분 덩어리였지만
움푹 파인 눈들이 끝내 어른거린다
해진 목구멍을 기우기 위해 타락한 복녀*의 가슴께에
젖멍울인 양 숨어 가쁜 숨을 뱉고 있다
스필만**은 어둠 속에 드러난 눈을 파먹기 시작한다
그의 녹빛 손가락은 상상 속의 건반을 두드린다

생명 한 알
나의 눈 속으로 떨어진다
고흐의 사람들이 감자를 먹는다

성스러운 가난이 허공에 매달린다

흐린 날
젖은 감자 몇 알을 썬다

* 복녀: 김동인의 단편소설 『감자』의 여주인공.

** 스필만(Wladyslaw Szpilman): 폴란드 태생의 피아니스트. 영화 『피아니스트』의 실제 주인공.

껍질 3
—그녀가 죽다

리얼리티 티브이 쇼에서
한 노파의 삶을 보여 준다
공원의 화장실에서 기거하며
쓰레기통의 음식을 뒤지는 일상들
피디는 추욱 늘어진 그녀의 유방 사이에서
젊은 시절의 사진을 꺼내 보이며 탄성을 지른다
몇 살이나 드셨어요?
한 오백 살 먹었나……
성황당 나무처럼 웃는다

그들은 눈 깜짝할 시간에
그녀를 갱생시키겠다고 소리친다

과거의 연푸른 잎을 만나기 위해
나이테를 돌려 깎는다
거침없는 대패질에 나무껍질들이 떨어져 나가고
늘어진 가지들이 부러진다

정해진 시간에 샤워를 하고
공급된 먹이를 빨아들인다

회초리처럼 휘어진 등이
창백한 매트리스에 우물을 파고
마지막 수액을 쏟아낸다

허옇게 센 뼈가
뿌리째 쓰러진다

기침

깊어가는 늪
악어 발의 갈기질이 쩐다

목구멍 가득한 바늘들을 뱉는다
새빨간 자국들마다
비틀거리며 일어나는 좀비들

쪽방 모서리에서 뒹굴던
묵은 약병 속의 쇳바람 소리
컹, 컹, 컹,
내쫓기지 않으려 짖어대던
겨울밤의 소리
분사하는 M1,
카빈의 실탄들

질기고 질긴
떨어지지 않는 기침
악어의 침샘같이
마르지 않는 기억

꽃

욕실 타일에 달라붙은 꽃
변태남의 서랍 속에 감금된 꽃
생선 핏물을 뒤집어쓴 은빛 칼에 핀 꽃
멍빛 맹세의 문신 꽃
L,V bag에 새겨진 명품 꽃
아스라한 맥박과 말라버린 체취를 품은 꽃
노회한 매너리즘과의 야합에 접힌 몸 꽃

일상이란
희뿌연 각질을 들이켜며
기억을 지워나가는 것일 뿐
꽃지렁이의 임종처럼
문드러져 사라질 때까지
사람들은
울긋불긋 놀 진 묘지의 비석을 탁본하고
흰 도자기에 구름 꽃을 띄우는 것

우린 오늘도
무지개색 냉동식품으로 꽃을 채운다

노을, 그 환멸

새 떼의 수몰지구
붉은 꽃들이 피를 토한다
저물녘 도공은 마침내 불가마 속에 몸을 던진다

포커 판 위에 무심코 던져진 조커로 불리운 생이
집시의 부르튼 나날들이
무의식의 땅에서부터 먼 길을 걸어온 수행자의 하루가
춘화春畵 한 장으로 남는다

어쩌면 거꾸로 선 바다인지도 모른다
상처 입은 짐승의 진물이
번져왔는지도 모르겠다
미칠 듯 사랑한 하루살이의 수의가 탄다

깃털처럼 가벼웠던 우리 연애의 스멜

환멸이 진다

PART 5

포옹

아기가 기어와
공룡의 꼬리를 물었다
핑크빛 잇몸이 속살 웃음을 터뜨린다

아이가 뛰어와
뭉게구름에 안긴다
솜 유두 사이에 상기된 뺨을 묻는다

남자가
노모의 주름진 가슴을 펼쳐
지친 몸을 누인다

여배우는
아프리카의 노을을 말하다 울음을 터뜨렸다

아침 식사

오늘 아침
아이의 식사를 준비하다
손가락을 베었다
소시지를 자르려다 집게손가락을 베었다

아이의 입맛이 떨어질까
안 베인 척 태연하게 다른 것으로 준비한다
토마토 주스를 갈다 핏방울이 들어갔을까
다른 것으로 준비한다
에그 스크램블을 만들며
소금이 상처에 들어간다
찡그린 얼굴을 아이에게 보일라
다른 것으로 준비한다

나는 하얀 냅킨으로 손등을 덮고
시녀처럼 그의 곁에 섰다

갓 구워진 빵을 베어 문 아이의 입술에
빨간 베리berry 즙이 번져간다

너는 오늘 아침
프레시한 내 심장을 먹었다

선물

몇 해 전
그는 내게 그림을 선물했다
그림 속의 여자가 나를 닮았다고 했다

벽에 걸린 바다는 푸르게 넘실거렸다
아이들은 백사장을 달리고
붉은 롱스커트의 여자는
물결에 반사되는 얼굴에 햇살을 덧입히며
주위를 둘러보았다
그는 거기에 없었다

여름날은 벽에서 더욱 빛나고
붉은 롱스커트의 여자는
아이들과 해변을 거닐며 행복했지만
그는 거기에 없었다

아이들은 바다를 떠났다
롱스커트 여자의
햇살을 가린 손가락 사이에도
그는 보이지 않았다

그림을 떼어내던 날
그의 흰 셔츠가 푸르게 물들었다
그는 파도처럼 하얗게 웃으며
언제나 그곳에 있었다 한다

나는 가슴 한가득
그림을 받아 안았다

가을 앓이

—창우 David에게

정체가 모호한 감각에 시달리다
인터넷을 뒤져 찾아냈다
계절성 우울증의 증세와 흡사하다는 것
일조량이 줄어들면
몸동작이 느려지고
눈꺼풀 깜박이는 것조차 싫어진다 하지

방 안을 메우는 새벽 연무 같은 찬 공기
여름 달빛만 한 노란 볕 찾아
뒤뜰로 나가보아도
시린 감정의 바닥은 여전히
얼굴을 돌린 채이다

문득 집 안에서 흘러나오는
피아노 선율은 가슴을 파고드는데
스치는 작은 바람 속에
너의 쌉싸름한 입 내음이 숨어있다

학교에서 돌아올 때면
너는 꼭 녹턴nocturn을 치고 나서

배고프다며 엄마를 불렀지

나의 병은
햇빛 같은 네가 없어서 걸리는 것인 걸

닌자 거북이

—은우 Kevin에게

닌자가 온다

나는 날마다
작고 오래된 침대 밑에서 잠을 잤다
그곳의 노란 상자 속엔
검은 안대와 초록 허리띠와 기다란 칼이 있다

은우는 이다음에 크면 뭐가 되고 싶어?
닌자 거북이 될 거야
소파 위를 날며
후-레이 카와 방가!

너의 칼로
시간을 가르고
오래전 꿈을 헤치고
수천 번 수만 번 안아주고 싶던
나의 염통 속으로 돌아와

밤마다 나는
거북이의 칼 하나

꼭 안고 기다렸다

닌자 거북이가 올 것이다
몇 밤만 세고 나면

그 꽃의 무덤에 바친다

지금 그대는
꿈을 꾸고 있나요

뜨거운 사막이 스러져버린
어스름한 저녁엔
붉은 진흙 속의 벌레들이 늑골 사이를 기어오르고
작은 새는 희디흰 어깨를 찾아 들고 있나요

지상은 그대를
이름 모를 나무나 풀이라 불렀죠
그대 등에서 들리던 나뭇잎과 풀씨들의 목소리
낯선 곳을 헤매다 돌아온 손톱 깊숙이
멀고 먼 나라의 꽃씨가 박혀 있는 줄 몰랐죠

그 꽃씨는 구름이 되고
피 같은 비를 머금어
북극의 눈발 같은 꽃들을 피워내고 있나요

누워있는 그대
모진 흙과 쓸쓸한 바람 소리를

기억하지 말아요
헝클어진 머리칼 속에서 쉰 목소리로 울던
새들도 이제 떠났으니

그곳의 아침은 찬란하게 빛나나요
이슬은 잠든 그대에게 돋아나
설운 영혼을 비추고 있나요
한겨울의 뼛조각들 속에서 꽃으로 피어날 그대여

* 2013년 봄날 천국으로 떠나신 류진호 큰오빠에게 바칩니다.

선인장 꽃

아버지는 선인장을 좋아하셨다
앞 뜨락엔
갖가지 종류의 선인장 분盆들이 가득했다

선인장을 가꾸시는 아버지의 손은
가시에 찔려 굳은살투성이였다
뜨락에 석양빛이 내릴 때면
아버지의 손등엔 붉은 꽃이 피었다
그래도 아버지는 웃으셨다

아버지는 선인장 꽃이 필 때마다
제일 먼저 내게 보여 주셨다
가시 속에 피어 더욱 귀한 꽃이라며
잔병치레 많던 막내딸의 신경질을 감싸 안아주셨다

비가 내리면
그리움의 비가 사막에 내리면
나는 야생 선인장 길을 걸어가
아버지를 만난다

선인장 꽃을 피우시던
아버지의 손등을 감싸 쥔다

은별이
—고해성사 1

앞마당의 채송화를 밟았다고
꿀밤을 먹이고
뒤뜰의 딸기를 따 먹었다며 지 엄마에게 일러
종아리를 맞고 절뚝거리며 대문을 나서던 셋방 꼬마
난 어린 악마였다

그래도 잊지 못해 찾아온 겨울밤
담벼락 옆 길냥이들의 울음소리에
무서워 무서워 언니
자꾸만 품속을 파고들던 너를
쌀쌀하게 밀쳐 낸
난 작은 마녀였다

양철 지붕이 무너져 내려
어른이 되기 전에 죽었다는 소식을 듣고 무덤덤했던
나는 이제야
너를 찾아 하늘을 본다

은박지 같은 밤

송곳 구멍 가득한 별 하나
나를 용서해 줄 수 있겠니?

단팥빵, 가시 비

아무 일도 일어나지 않은 오후
빵집의 유리창에 빗방울이 돋아난다

앞에 선 남자의 트레이엔
내가 좋아하는 빵들만 쌓이고 있다
단팥빵 3, 소보로 2, 호두 크림빵 1……
비는 달콤한 우연처럼 내린다

어쩌면 알 수 없는 충격이 올까
나는 그를 올려다볼 수 없다
물 빠진 청바지 자락과 검은 단화에
시선을 매달고 가만히 따라가 본다

마지막 플라스틱 칸 앞에서
그는 조그만 은박지 달에 담긴
호박파이를 집었다
빗방울은 심장의 건반 위를 구른다

계산대에 선 그를
천진하게 맞는 알바생

우윳빛 불우물을 만들며
빵들을 가슴에 안는다

단팥빵을 입에 문다
회색 입술의 주름들이 잔잔히 펴지며
체할라 천천히 먹어
목에 가시 비가 돋아난다

체크무늬 베레모 밑으로
은백의 머리칼이
물보라 속으로 떠난다
멀어지는 그의 등 뒤로
가시 비가 내린다

PHONE BOOTH
—고해 성사 2

말들은
배설구를 찾고 있었어

귀청을 찢는 빛 독촉과 겨울 밤공기 같은 협박범의 음성에
질린 얼굴로 날아드는 허밍버드의 웅웅거림
인두질된 귓불을 식히고 나면
오지 않는 아들을 향한 노인의 백색 옹알이에 바짝 들이댔어
갈비뼈를 기어 나오는 벌레들의 떨리는 고백에
피가 도는 손때 가득한 심장
러브호텔인 듯 토해내는 외설스런 말들도
다 인내했어

모두가 미치기 직전이었고
또 미쳐가고 있었어

듣고 있는 것은 성자의 몫만은 아니지
마지막 순교란 열린 귀 아래 막힌 입
너희들의 상처를 껴안은
우리의 번지점프

그렇게 외로웠구나

얼마나 힘들었니

기다리고 있어!

한 평 들새와 생쥐의 집, 사제의 방이

구름 속에 있다

'허무가 하는 거짓말'의 쓸쓸함에 대하여

김승희(시인, 서강대학교 명예교수)

1. 이름 붙일 수 없는 Ms. 모某의 무채색의 세계

　　LA에 거주하고 있는 서연우 시인의 시는 흑백영화처럼 건조한 삶의 황폐함 속에서 겨우 존재하는 여성적 삶을 뛰어난 이미지로 그려낸다. 그녀가 그리는 여성적 정체성의 세계는 이름 없는 'Ms. 모某' '일찍 가슴이 죽어버린 여자' 혹은 '문어발 보다 부드러운 손끝으로 key를 누르는 거미 여인' '마멸되고 동강나는 비누' '동맥을 그은' 등 하염없이 연약하고 바스러지기 쉬운 이미지로 그려진다. 서연우 시인은 시각적 이미지의 변용에 매우 탁월하여 그녀의 전공이 혹시 그림이나 사진이 아닌가, 하는 생각이 들 정도다. 그녀는 현대의 불연속적 세계에서 죽음 속의 삶, 삶 속의 죽음을 시각적인 이미지로 변용하는 데 능숙하며 그런 맥락에서 모더니스트적 경향을 보인다. 전통적인 서정시와는 달리 LA의 이도미 시인이나 서연우 시인은 감정 유출의 센티멘탈리즘에 거의 빠지지 않으며 정교한 시각적 이미지들을 활용하여 현대 세계의 불모성과 마비, 세계와의 불화, 단절, 삶 속의 죽음, 죽음 속의 삶을 그려낸다. 여성적 삶과 일상 속에서 죽음과 허무를 포착하는 묘사도 섬세하며 기본 정조情調인 멜랑콜리와 더불어 무채색의 배경 이미지들이 절망적이고 막막한 현대성을 드러낸다. 마치 흐릿한 감광판처럼 어둠 속에서 빛을 포착하기 위한 노력과 인내의 시간을 가지지만 감광판에 빛이 스며들듯이 그녀의 시는 빛에 대해서 노래한다. 황폐한 무채색의 세계 속에서 채색의 빛을 찾아 헤매는 것, 그것을 절제된 언어와 반투명한 이미지, 적절한 비유, 조용한 어조로 노래하는 것이 그녀의 시 세계라고 하겠다. 빛이 떠오르기를 기다리며 스스로 밝아지고 있는 감광판이 있는 반투명의 시.

　시집 중에서 가장 인상적인 시는 과거에 폐결핵을 앓았던 흔적이 오랜 뒤에야 발견되어 오십이 되어서야 생의 비밀을 알게 된 여자의 이야기인 「Ms. 모某」라고 생각한다.

　　Ms. 모는
　　오십 살에 생의 비밀 하나를 알게 되었다
　　의사는
　　그녀의 갈비 짝이 찍힌 빳빳한 필름 한 장을 보여 주었다

오래 전에 폐를 앓으셨네요

광선을 받은 검은 숲은
엽총 구멍들로 가득 차있고
흰 가지들은 창백한 배관들처럼
서로를 힘겹게 지탱하고 있었다

그냥 기침이 안 끊어져 찾아온 거였는데……
희미한 활동사진 속에
작은 흉곽을 유리판에 대어보는 장면이 아득할 뿐

그럼 치료도 안 받고 나았다는 말인가요?
아마 항생제를 먹었을 겁니다
머릿속은 솜안개에 묻힌 듯 답답하다

맥없이 첫사랑을 떠나보낸 것도
모든 것에 열정을 걸지 못했던 것도
가슴이 일찍 죽었던 때문인가

Ms.모는
피폐한 연못을 가슴에 팠다
망상을 앓던 물고기들이 못 위로 떠올랐다

—「Ms. 모某」 전문

"맥없이 첫사랑을 떠나보낸 것도/ 모든 것에 열정을 걸지 못했던 것도/ 가슴이 일찍 죽었던 때문인가"라는 시구는 매우 절절하고 아름답다. 또한 죽은 가슴을 '광선을 받은 검은 숲—엽총 구멍들—창백한 배관들처럼 서로를 힘겹게 지탱하고 있는 흰 가지들'이라고 표현하고 있는 이미지와 은유의 연쇄는 시인의 매우 탁월한 형상화 능력을 보여 준다. 그녀의 작품 배경이 거의 무채색의 폐허처럼 느껴졌던 것은 시인의 가슴이 일찍 죽었기 때문인가. 「Ms. 모某」라는 제목 자체가 이름 없는 여성의 익명성, 여성적 자아의 텅 빔과 공백을 암시하고 있는데 영어와 한글과 한자가 혼합되어 사용되고 있다는 점에서 문화적 다양성으로 쪼개진 혹은 애매하게 혼합된 여성 자아를 암시하고 있다. 폐를 앓는 것도 모르고 지나간 상처의 시간들이 "피폐한 연못"이 되고 그 못에서 "망상을 앓던 물고기들이" 떠오르는 것처럼 "가슴이 일찍 죽"은 여자는 Ms. 모某가 되고 아무 것도 아닌 여자가 되고 이름 붙일 수 없는 주체가 된다. Ms. 모某는 외톨이 여성의 외로운 이름이자 혼합되어 이름 붙일 수 없는 여성들의 보편적 정체성을 잘 보여 주는 빼어난 작품이다.

2. 상처의 채집과 글쓰기의 씻김굿

Ms. 모某는 익명성의 여인이자 인류의 절반의 고유명사일진대 시간적으로 공간적으로 "후미진"이라는 형용사와 연결

되어 나타나는 어두운 존재다. 그녀들은 온통 후미진 공간에 거하며 자신에게 "SHE"라는 3인칭으로 명명된다. 거미 여인처럼 연약하고 사소한 존재일 뿐이다. 그럼에도 키보드를 누르며 글을 쓰는 허약한 거미, 겨우 한 줄의 투명한 거미줄을 짜내서 허공으로 날리는 무의미의 감탄사 같은 그런 존재다. "뜨거운 보드board 위의 거미/ 문어 발보다 부드러운 손끝으로/ 키key를 누른다/ 굿모닝! 좋은 하루 되세요// 러시아워는 침묵 중이다/ 수산물 위판장에선/ 수화의 향연이 한창이다// 검은 실밥 손가락으로/ 키key를 두드린다/ 가을비가 내리네요// 프리웨이와 빗물이/ 거대한 씨줄과 날줄이 되어 엉켰다/ 정오의 희망곡이 울려 퍼진다// 허물어진 자아가 절규하며/ 키Key를 친다/ 친구가 되어주실래요?// 비에 젖은 가로수들 허공에 돌아누웠다/ 밖을 나온 거미/ 폐가를 찾는다// 그녀가 쏘아 올릴 투명한 줄 하나/ 아아……"에서와 같이 글을 써나가는 동안 '거미 여인'으로 변용된다. 검은 실밥 손가락으로 키보드를 두드리고 세상은 침묵한다. 결국 아무도 찾지 않는 폐가를 찾아 그녀 스스로 거미가 되어 "아아……"라는 투명한 거미줄을 쏘아올린다. 러시아워, 수산물 위판장 같은 바쁘고 건강한 삶의 현장에서는 돈을 향한 손가락의 향연이 분주하지만 친구를 찾는 SHE의 손가락의 말은 쓸쓸하고 무력하며 응답받지 못한다. 거미 여인은 스스로 허공에 거미줄을 치지만 제대로 된 문장 하나를 완성하지 못하고 단지 "아아……"라는 감탄사, 말을 더 잇지 못하는 탄식 하나만을 쏘아 올릴 뿐이다. 그녀의 시는 그래서 세상의 바깥과 연결

되지 못하는 "아아……"라는 감탄사 같은 투명한 거미줄 하나의 무게와 무의미로 남는다. 이러한 불연속적 세계의 존재의 고독과 차단 속에서 시인에게 소리, 냄새, 풍경은 온통 상처가 된다. 시 「소리의 상처」 「상처의 꽃」처럼 시집을 펼치면 상처에 관한 시가 많다.

시를 쓰려다
나에게 상처가 된 이름들을 쓴다

시를 쓰려다
내가 상처가 되어준 이름들을 쓴다

시를 쓰다가
하늘을 올려다보고 땅을 내려다본다
미움의 운석과 원망의 흑운들
암매장시킨 어린 짐승들

빗장뼈 깊숙이 박힌 쇠못을 뽑아 들고
아무렇지 않은 듯 버렸던 은 삽을 찾아 헤매다
움막 안에서
대나무 귀신처럼 울어본다

짐승의 주검을 뚫고
울긋불긋 돌 꽃들이 오르고

태초보다 환한 구름이

여린 피를 덮는다

씻김굿이 피어오른다

─「상처의 꽃」 전문

  시를 쓰려다 나에게 상처가 되는 이름들을 쓰고 내가 상처
가 되어준 이름들을 쓰면서 하늘과 땅을 바라보면 미움과 원
망의 운석과 흑운이 가득 찬 세계와의 불화는 엄청나다. 그
러한 상처의 세계 속에는 암매장시킨 어린 짐승들이 묻혀 있
다. '암매장의 어린 짐승들'은 시적 자아의 유아적 자아일 수
있으며 희생양 제물일 수도 있다. "빗장뼈 깊숙이 박힌 쇠못
을 뽑아 들고"에서 종교적 색채가 암시적으로 드러난다. 그런
희생양 제물을 암매장하고 자아는 성장의 길을 걸어왔으나 쇠
못을 뽑자 짐승의 주검에서 화려한 돌 꽃이 피어나고 "태초보
다 환한 구름"이 피를 덮는다. 씻김굿이 일어나고 상처는 돌
에서 피어난 꽃으로 만개한다. 상처 입은 가슴에서 쇠못을 뽑
자 모든 것이 새로운 태초가 되는 기적이 일어나는 것이다.
그녀에게 시 쓰기는 바로 그런 쇠못 뽑기─ 화해의 과정─ 씻
김굿─부활의 눈부신 과정이다.

  뭉툭한 발톱이

  녹슨 손톱깎이에 잘려 나간다 '툭'

  물오른 생선 한 마리

시퍼런 칼날에 토막이 난다 '툭'

첼로의 현이

어둠 속에서 끊어진다 '툭'

신간 잡지를 넘긴다 '쉭 쉭'

백 살을 채운 사람과 인사하다

자전거 타이어에 바람이 빠졌다 '쇅 쇅'

우리는 모두 신생아였다 '쌔액 쌔액'

광풍이 몰아친다

파도가 부서진다

'푸하아 푸하아'

기억해! 너는 나에게 바람일 뿐이었어 '훠어이 훠어이'

별들이 '우르르' 쏟아진다

아! 나의 해마를 호두알처럼 으깬다 '우두둑'

9시 뉴스 해외 특파원의 목소리는

이름 모를 나라의 북소리이다 '퉁 퉁 퉁'

유괴범의 전화벨 소리는

세발자전거의 벨 소리만큼 천진하다

나의 심장박동은

단정한 음표처럼 고정된다

뮤트mute를 누른다

솜꽃이 피어난다

나비가 날아든다

별들이 희미하게 웃었다

나는 소금에 절인 소리 속을 걷는다

　　　　　　　　　　　　　　　　—「소리의 상처」 전문

"소리의 상처"를 탐색한 이 시도 굉장히 기발하면서도 무
서운 시다. 과도하게 청각이 예민한 시적 자아는 우리가 흔
히 일상 속에서 만나는 소리—손톱이 끊어지는 소리, 생선
을 토막 치는 소리, 신간 잡지 넘기는 소리, 타이어에서 바
람이 빠지는 소리, 신생아가 숨 쉬는 소리, 광풍-파도-바
람의 소리, 별들이 쏟아지는 소리, 해외 특파원의 이름 모
를 소리, 유괴범의 전화벨 소리, 나의 심장 박동 소리—등
을 채집하여 병렬적으로 기록한다. 주로 단절과 소멸의 소리
들을 기록하되 '나의 심장 소리'만은 단정하고 고정된 소리임
을 토로한다. 다른 소리들은 다 불안정하고 소멸이나 불연속
성을 보여 주는데 시적 자아는 해마가 으깨졌음에도 불구하
고, 아니 해마가 으깨졌기 때문에 기억과 새로운 것의 인식
등을 못 하며 흐릿한 심리의 둔감성을 가진다. 병리학적 심
리의 공백 상태라고 할 수 있다. 마치 뮤트mute를 누른 것처
럼 소리는 지워지고 소리가 지워지자 솜꽃이 피어나고 나비
가 날아들고 별들이 희미하게 웃지만 시적 자아는 "소금에 절
인 소리" 속을 걷는다. "소금에 절인 소리"의 세계는 앞서 지
적한 '가슴이 일찍 죽어버린 여자'와 은유의 연쇄를 이루는데

이는 마치 무성 흑백영화같이 생명력과 감수성이 마비된 세계를 암시한다. 해마가 으깨진, 가슴이 일찍 죽은…… 이렇게 묘사된 서연우의 세계는 어딘가 다친, 오히려 부상당하지 않고서는 생존할 수 없는, 여성성의 슬픔을 탁월하고도 아름답게 그려낸다. 실비아 플라스의 말대로 서연우가 그리는 여성은 어디선가 어딘가를 다친 부상당한 영혼인 것이다. 그것은 시 「후미진」「스타킹-껍질 1」「DARK MOVIE」「회항」 등에서도 잘 드러난다.

「DARK MOVIE」에서 "영화는 인간의 고통만을 말한다/ 뻐꾸기 둥지 위로 날아간 새, 샤이닝Shining, 잭 니컬슨, 올드 보이, 오대수, 양들의 침묵, 한니발……/ 위선과 욕망은 산 채로 발가벗겨져/ 연체동물의 등뼈같이 흐느적거린다/ 그들의 복수에 온몸의 비늘들이 일어섰다/ 파행의 절정에서 나는/ 아가미가 도려진 물고기처럼 허황한 눈빛으로 죽었다" 처럼 그녀는 열정 속의 파멸을 담담하게 그려낸다. 아마도 이 위선과 욕망의 세계에서는 "아가미가 도려진 물고기"의 삶만이 허용된다는 듯이. 앞서 지적한대로 '가슴이 일찍 죽은 여자-소금에 절인 소리 속을 걷는 여자-아가미가 도려진 물고기-혈액순환이 안 돼 이명을 겪는 여자-동강나는 비누' 등은 어딘가 신체가 훼손된 부상당한 여자의 은유의 연쇄를 이루고 있다.

3. 비닐봉지의 영혼처럼 죽은 것들이 반짝이는 순간의 광학과 미학

누가 너희의 영혼을 믿으려 할까?

생선 토막을 삼킨 검은 비닐봉지가 질질 끌려가고
비닐하우스 속 콩나물들이 비릿한 숨을 틔운다
에펠탑이 찍힌 비닐 백 속에
'Paris'는 없다

어떤 포식자의 입보다도 크게 벌어진
네 속의 부패가 백 년 동안 꿈을 꾼다

바람 부는 차도 위를 달리는
타이어에 깔리면서도 관능의 춤을 추어라

검은 구름처럼 낮은 하늘을 날며
배가 터질 듯이 숨을 쉬어라

말미잘의 입 밖으로
씹힌 물고기들을 가득 뱉어내어라

그대들,
성황당을 지키는

갈기갈기 찢긴 고독의 몸부림으로

포획자의 시뻘건 두 손을 거부하라

　　　　　　　　　　　—「비닐봉지들에게」 전문

현대 문명의 산물인 검은 비닐봉지는 사실 우리의 일상 속
에 가장 가까이 있는 편리한 사물이면서 쉽게 썩지 않아 불
길한 느낌을 주며 인간보다 오래 살 것이 확실한 존재다. 죽
음의 기호이기도 하면서 '썩지도 죽지도 않는다'는 맥락에서
죽음의 반대편에 속하는 불멸의 기호이기도 하다. "누가 너
희의 영혼을 믿으려 할까?"라는 발랄한 발상에서 이 시는 시
작한다. 정말 비닐봉지는 영혼을 가지고 있을까? 영혼이 없
는 비닐봉지는 생선 토막을 담고 비닐하우스를 지어 콩나물
을 키우며 에펠탑이라고 쓰여 있지만 그 안에 Paris는 없는 오
직 표면뿐인 존재다. 비닐봉지는 백 년 동안 썩지 않는 무서
운 존재이면서도 타이어에 깔리고 바람 속에 날아가 관능의
춤을 추는 기이한 존재. 비닐봉지로 상징되는 현대문명의 불
모와 마비를 보여 주면서도 "성황당"과 같은 원시종교의 영혼
을 지키는 고독의 춤꾼이기도 하다. 그녀는 비닐봉지를 통해
삶 속의 죽음을, 죽음 속의 삶을 날카롭게 포착한다. 그 외
에도 그녀의 시는 일상 속에 깃든 죽음을 예리하게 포착한다.
"그녀는 여우 굴을 찾아들어 목을 맸다/ 사랑밖엔 할 게 없었
으므로 잊혀진다는 것은 무섭지 않았다"(「CLOSET」 전문) "나뭇
가지가 심장을 관통해/ 죽을 때에도 그의 피는 우리를 하얗
게 덮어주었다// 내일 또 눈이 내릴 것이다/ 기적같이"(「눈사

람」전문)와 같이 일상적 사물 속에서 죽음을 포착하고 허무와 소멸의 아름다움과 덧없음을 그린다.

그러나 죽음 속의 삶을 그릴 때 그녀의 감각은 찬란해지고 순간적인 밝음을 드러낸다.

이른 아침
페인트공은
장미 나무 옆 외벽에
봄빛을 칠하러 왔다

높다란 벽
사방에 칠해지던 봄빛이
장미 나무 가지에 떨어졌다

페인트공은 씽긋 웃었고
장미는
환한 낮에도 별이 떠있는 걸 보았다
　　　　　　　　　　　　　　　　　—「장미와 페인트공」 전문

나의 시간 속으로 안개비가 내리면
아주 익숙한 도로를 걸어
유리문을 들어선다

명품 수입 화장품에서부터 낱개로 포장된 샘플들까지
꽃의 에센스essence들은 유리관 속에서 잠들어 있고

짙은 화장을 한 아가씨가

나의 마음을 열려 한다

이백 불 이상 사시면 마사지도 해드려요

토트백도 선물로 드리고요

그녀의 입가에서 풀잎 냄새가 난다

…(중략)…

그녀가 권해 주는

신상 립스틱을 발라보았다

유리관 속에서

한 여자가 깨어난다

비는 그치고

오렌지빛 입술의 여자는 신선하다

보랏빛 마스카라 속의 검은 눈동자에

안개꽃 가득 피어있다

나의 시간 속으로 안개 강이 흐를 때

익숙한 도로의 건너편

'블루밍'을 찾아간다

유리문을 들어서면 나는 낯선 꽃이 된다

—「블루밍Blooming」 부분

무채색의 세계 속에서 순간적으로 꽃 피어나는(『블루밍 Blooming』) 삶의 광채를 포착하면서 그녀의 시는 잠시 전등을 켠 듯이 밝아진다. 회색의 폐허 속에서 피어나는 덧없는 생명의 찰나를 무채색의 세계에서 건져내는 것. 그러나 화장품 가게에서 잠깐 꽃 피어나는 표면적인 빛남이 허무라는 것을 시적 자아는 알고 있지만 그러나 그것이 인간에게 주어진 전부라는 허무를 또한 알고 있다. 인간에게 주어진 찰나의 반짝임. 그것이 허무의 거짓말이라는 것을 알면서도 시인은 빛을 찾아 황폐한 삶을 밝게 만들려고 노력한다.

다섯 살
사진관을 나서며
내가 탔던 비행기는 날았나요?
사진사는 구름을 온몸으로 가리며
허무가 나오면 알게 될 거야

아홉 살
건너뛴 얼룩말의 줄과 부러진 원숭이의 앞니를
그려 넣고 색칠을 했다
죽은 식이네 굿판은 끝나고
조그만 관 틈으로 올라온 애벌레 손가락들
무서운 꿈을 꿀 때 키가 크는 거야
허무는 내게 거짓말을 했다

허무로 철철이 옷을 지어 입고

남겨진 실타래로 꽃을 만들어 목에 꽂아

그 향기 없음으로 너를 매혹시킨 끝에

눈사람이 된 우리 부둥켜안고 물로 뒹굴다 파도 속으로

사라진

살, 살⋯⋯

열 하고도 아홉 살

그었던 동맥이

너울 오른다

―「그런 허무」 전문

　이 시가 보여 주는 것처럼 허무가 하는 거짓말의 쓸쓸함에 대하여 서연우 시인은 조용하고 견고하게 내면의 상처를 수용하며 후미진 어느 구석 장소에서 빛의 이미지를 그리고 있다. 우리는 시인의 시구처럼 허무의 거짓말에 부상당하면서도 또 그런 아름다움을 찾아 불모의 폐허를 걷는 덧없는 존재다. 얼마 전 알랭 바디우가 쓴 「베케트에 대하여」라는 글을 읽다가 "예술의 임무는, 모든 진리가 기원하는 이 예외적인 지점들을, 우리의 인내가 재구성해 낸 조직물 안에, 간직하고 붙들어, 별처럼 빛나게 만드는 것"이라는 문장을 발견하였다. 이상하게도 '예외적인 지점, 인내, 별처럼 빛나게 만드는 일'이라는 말이 깊은 울림을 주었다. 서연우 시인의 시집 원고를 다 읽고서 '인내가 재구성해 낸 조직물, 별처럼 빛나게 만들다'라는 바디우의 말이 선명하게 떠올랐다는 것을 밝히고 싶다. 그녀의 시는 막막하게 황폐한 삶의 어둠을 배경으로 하고 있지만 일상의 어둠 속에서 눈부신 것들을 건져내서 순간 빛나게 보여 준다는 느낌이다. 그러나 시인은 그런 찰나의 광채가 허무의 거짓말인 것을 알고 있어서 무채색의 이미지들이 더 쓸쓸하게 보인다는 것도 말하고 싶다.

천년의시인선